QUAND L'AMOUR

FAIT SES DENTS

OUVRAGES

DE

A. FOURGEAUD

BIBLIOTHÈQUE PORTATIVE
50 CENTIMES LE VOLUME

QUAND L'AMOUR
FAIT SES DENTS

PAR

A. FOURGEAUD

PARIS

E. DENTU, ÉDITEUR

LIBRAIRIE DE LA SOCIÉTÉ DES GENS
DE LETTRES

PALAIS-ROYAL, GALERIE D'ORLÉANS, 17-19

A ÉMILE RICHEBOURG

Je te dédie ce petit livre, cher compagnon de ma jeunesse. Ton nom à sa première page lui portera bonheur et lui sera une précieuse recommandation auprès de tes nombreux lecteurs.

A. FOURGEAUD.

QUAND L'AMOUR

FAIT SES DENTS

I

GABRIELLE A MAXIME

14 juillet.

Je vous écris, Maxime, bien
convaincue que vous ne verrez
pas ma démarche avec la mali-
gnité du monde, car je suis libre
de mon cœur et assez riche pour
deux : pour vous, pour moi.

Brûlez vos livres d'étudiant et
vienne dans votre mansarde, à la
lueur de cet auto-da-fé, la joie
éclairer tout ce qui autour de vous
était, hier encore, tristesse et mé-

lancolie. Je suis heureuse, oh!
bien heureuse, Maxime, plus heureuse que jamais ne le fut âme
humaine de se vouer à ce qui rem-
plissait mes heures du jour et
mes insomnies, et quand je crie à
vous : ce n'est plus de désespoir,
c'est la confiance ; ce n'est plus le
renoncement, c'est le bonheur.
Oui, à vous toujours, à vous à jamais est votre Gabrielle ; à Maxime elle appartiendra sans plus de
séparation.

Quelle nouvelle imprévue je
vous donne, ô le plus tendre des
amis! Quel ordre inattendu! Aussi, Monsieur, et j'en suis sûre,
vous n'y désobéirez pas. Venez,
venez aussitôt.

Entendez-vous, c'est un ordre!
Laissez donc les toits si tristes
de la grande ville, laissez les
bancs de l'Université et secouez

la poussière de vos pieds à sa porte fermée pour toujours derrière vous. La peine est finie ; le bonheur commence pour nous. Votre ange, comme vous appelez l'humble mortelle qui tient cette plume, va bientôt se revêtir de deuil : ma bonne tante Magdeleine s'éteint doucement, le sourire sur les lèvres, et avant la moisson finie, si vous n'êtes pas là, près de moi, je serai seule, sans autre protecteur qu'Ossian, mon bon chien de Terre-Neuve, dans cette noire maison qui ressemble tant à un monastère.

En ce moment, la campagne est belle, belle de toute ma joie. Le soleil inonde les champs pendant le jour, moins étincelant que la lumière de mes espérances, que l'éclat de l'avenir rêvé, hélas ! encore dans l'obscur lendemain !

Quand vient le soir tout assòm-
brir aux alentours, l'air se rafrai-
chit, une brise odorante fait ba-
lancer le front des bois sur les
collines et frissonner l'eau bleue
et les nénuphars du petit lac.
Tout est beau, je le devine plus
que je ne l'éprouve ; mais ne puis-
je le dire, ne puis-je le répéter?
— Hélas ! vous n'êtes pas là, et
indifférents à toutes les grâces de
la nature, mes yeux cherchent
bien plus sur la route de la ville
que je n'écoute les bruits mys-
térieux des prairies et des bois
verts que vous aimez tant. Venez, oh! venez vite ! Tout est
sombre sans vous pour moi et le
soleil, lui-même, le gai soleil qui
éveille toutes les béatitudes en-
vironnantes, me semble un astre
éteint, une lueur sans rayons.

Les champs et les bois verts

vous attendent comme moi, moins que moi. Leur poésie désire, pour s'éveiller, votre âme contemplative qui la comprend et s'en est fait connaître, — et aussi votre amie appelle à elle ce cœur qu'elle n'est pas bien sûre d'avoir conservé, loin qu'elle est d'une ville si pleine de séductions.

Partez, arrivez si votre amour n'a pas étendu un linceul sur mon souvenir. Vous à mes côtés, vous, mon protecteur, celui que j'ai choisi. Les jalousies de village ne m'effrayeront pas, la longueur des journées et des nuits sera abrégée, et votre aspect, ô mon cher élève, mettra en fuite les avides héritiers et leur cortége noir de légistes au nauséabond parfum de papier timbré. Tous les oiseaux de proie s'envoleront à votre vue, ô belle lumière qui dissipe tous les crépuscules et fait fuir les orfraies. J'ai besoin de votre secours d ailleurs pour faire rentrer chez eux les voisins envahisseurs et enhardis à s'attaquer à une pauvre fille de seize ans, orpheline, ignorante et isolée, qui n'a pour porte-respect que sa faiblesse et ses larmes. Vous seul pouvez contenir tant d'avidités et me défendre ; vous qui possédez ma vie et la devez préserver, soyez mon intendant aimé, le modèle de tous les hommes d'affaires, puisque vous serez fidèle. Ma tante, qui vous chérit et consent à tout, dès à présent, vous donne le titre de neveu et sa nièce celui d'époux, qu'elle ose maintenant prononcer bien haut, oh! oui! Acceptez nos projets et faites les vôtres, ô chéri de mon choix, si vous aimez encore l'heureuse de se dire, en attendant mieux, votre tendre et dévouée.

GABRIELLE.

P. S. Vous ne me jugerez pas mal, je l'espère, Monsieur, si je vous semble exempte de violent chagrin au chevet d'une mourante. Rappelez-vous que ma *bonne vieille* touche à sa quatre-vingt-dix-septième année, que l'existence qui lui reste n'est qu'une demie somnolence et que, comme elle le répète, la vie qui n'agit pas fait désirer la mort. Pensez aussi, cher Maxime, que quand pour moi le passé si plein de soucis fait brusquement place au riant avenir, je puisse être tout à l'un, après avoir si longtemps gémi par l'autre.

A bientôt, n'est-ce pas? et ne m'en veuillez pas de la joie dont vous êtes la cause et l'objet.

II

WILHELMINE A MAXIME

14 juillet.

Bonne nouvelle, Maxime, écoute et sois heureux autant que ta Wilhelmine est heureuse.

Ce matin, mon père m'a fait appeler dans son cabinet. Ton souvenir ne me quitte pas, Maxime. Il m'est revenu à l'esprit l'inimitié déclarée des familles des Montaigu et des Capulet. O mon beau Roméo ! j'ai craint d'abord la trahison de Geneviève, à qui tu adressais tes lettres, et je ne me trompais pas

— Ma fille, il est inutile de dissimuler davantage, m'a dit mon père avec une douceur inconnue jusqu'alors.

Mes genoux ont fléchi, et atterrée, j'ai croisé mes mains suppliantes.

— Je devrais être, sans doute, plus sévère, a-t-il continué, mais un châtiment tardif ne réparerait pas votre faute et mieux vaut encore être clément. D'ailleurs, je n'en ai jamais voulu à Maxime, qui n'a pas hérité, je pense, des injustes ressentiments des siens à mon égard. C'est vous, Wilhelmine, qui méritez mes reproches pour n'avoir pas eu de confiance et avoir manqué de m'avouer, dès l'origine, votre penchant pour votre cousin.

— Il y a si longtemps! ai-je murmuré en prenant un peu d'assurance.

Il a souri.

— Laissez donc deux enfants jouer à la dînette! s'est-il écrié.

Et prenant un ton plus sérieux :

— N'avez-vous pas cessé d'être en rapport, depuis ma brouille avec M. Cholburg? a-t-il demandé.

— Non, mon père, nous nous aimions, malgré tout.

Ma franchise, bien qu'un peu inconvenante, a ramené son joyeux abandon.

— Prenez cette lettre à votre adresse, m'a-t-il dit en me congédiant, — et répondez, s'il vous plaît, à Maxime, que je n'ai pas oublié notre ancienne affection.

Je ne bougeais pas, sans trop savoir pourquoi.

— Qu'attendez-vous? a dit mon père.

— Je voudrais vous remercier, et je ne trouve pas les mots.

— Espiègle! n'ai-je donc pas assez dit pour vous bien inspirer? Eh bien! mandez à votre cousin de venir : je lui accorde votre main.

Je suis tombée à genoux et j'ai

pleuré. L'inspiration m'était donc venue à la fin.

En écrivant ceci sans mystère et par permission de celui qui a autorité sur moi, mon bonheur, mon cher Maxime, égale mon étonnement; tu le sais, mon père, qui semblait en ce moment se complaire à m'interroger, ne m'avait jusqu'alors adressé la parole qu'avec des mots aussi brefs que ses chiffres. Il s'est enfin rappelé, ce matin, qu'on traitait une fille unique autrement qu'un compte courant de banquier. Aussi me semble-t-il que je suis sous l'impression d'un rêve et que je vais me réveiller à la désolante réalité! Mais c'est bien réel; il m'est permis de t'aimer, permis de t'appartenir.

Viens, tu as assez souffert, et ton avenir, comme le mien, com-

mence; tes travaux sont finis, et
ta pauvreté ne sera plus pour toi
qu'un souvenir par lequel tu ap-
précieras mieux le bonheur assu-
ré. Plus de ces vieux auteurs, de
ces grammairiens barbares sur
lesquels tu pâlissais. L'aride scien-
ce va s'embellir pour toi, quand
elle ne sera plus qu'une distrac-
tion et un passe-temps, et dans
l'intervalle de tes études, faites à
loisir désormais, tu repasseras
avec moi le vocabulaire si doux
des amants : aime-moi; je t'aime !
Ah ! les austères académies n'ont
rien trouvé de mieux pour rem-
placer les échanges de deux âmes,
vouées l'une à l'autre !

Mais j'empiète trop d'avance sur
notre tendresse.

J'ai couru m'enfermer pour
t'écrire et j'oublie, en prolongeant
mon bavardage, que je puis man-

quer l'heure du courrier et peut-
être ton arrivée auprès de moi.

Encore quelques mots, pour-
tant.

Tes lettres étaient bien courtes depuis quelque temps, mon
Maxime. Mais ma joie est trop
grande pour t'en gronder, et j'ai la
vie entière pour dédommagement.

Il y a quelques jours, dans la
campagne, au fond d'un chemin
creux, j'ai rencontré ta mère et ta
sœur. O Maxime, que leur indifférence m'a fait de mal! Tu aideras
de tout ton pouvoir à notre ré-
conciliation, n'est-ce pas? Après
tout, que me reprocheraient-elles?
De t'aimer? Elles n'ont pas le droit
d'être jalouses, car ma tendresse
est autre que la leur, et sans lui
ressembler, elle la complète.

En arrivant le soir, dans six
jours, jette les yeux sous le grand

marronnier du bord de la route...
tu sais, celui qui porte nos noms
gravés sur son écorce?... Wilhelmine t'y attendra. Jusqu'à ce moment, le désir, l'impatience et
l'espoir se partageront mon cœur.
Que le temps va me durer jusqu'à
ton baiser de fiancé? Ne perds pas
une minute, ô Maxime!

III

NI CÉLADON, NI LOVELACE

Le temps était sombre et plu-
vieux.

Maxime, à la fenêtre de son
cinquième étage, comparait en
poëte la tristesse du ciel à celle de
son âme.

Dans la chambre voisine, les

voix chantaient une hymne à la glorieuse Germanie; des chopes pleines de genièvre se choquaient et se vidaient pour se remplir encore.

Ces voix appelaient Maxime et le conviaient à la fête; mais lui, absorbé dans sa mélancolie, n'entendait ni les chants, ni les verres qui se heurtaient pleins ou vides.

On frappa doucement à la porte; puis, comme la réponse se faisait attendre, on frappa plus fort.

Maxime crut que les buveurs venaient encore lui offrir une pipe à brûler et une chope à vider, et il se tut.

Mais il aperçut deux lettres que l'on glissait sous sa porte, — les lettres de Wilhelmine et de Gabrielle.

S'il avait été un imitateur de meinherr Céladon et de meinherr

Lovelace, Maxime eût souri en li-
sant ces lettres, tandis que son
visage resta sombre et se rem-
brunit encore plus, si c'est possible.

Comme la pluie fine mouillai
le papier, il ferma la fenêtre e
relut derrière les vitres. Mais le
bruit des étudiants empêchait la
réflexion d'étayer ses assises dans
son cerveau; il ouvrit sa porte
sans bruit et descendit, à pas de
loup, les cent marches qui le sépa-
raient de la rue.

Tenant les lettres froissées sur
sa poitrine, il alla errer sous les
grands arbres de la promenade.
Il s'y rendait souvent le soir pour
respirer un air plus pur.

La pluie tombait fine et pressée.

Il revint lentement à sa mansarde.

On chantait encore à tue-tête

et on buvait toujours dans la chambre voisine.

Maxime n'entendait plus les cris et les refrains. A grands pas, il battait les dalles, et de la main il se frappait le front, disant tout haut :

— Je l'ai juré ! je l'ai juré !

Il s'arrêta près de sa table, dévorant des yeux le papier blanc, et, la tête dans ses mains, sans plus rien voir qu'en dedans de lui-même, il se prit à penser.

Il écrivit enfin, mais il déchira vingt pages au moins ; puis il recommença son manége de tigre en cage, gesticulant avec rage et se parlant avec délire.

Le calme se fit peu à peu dans son cerveau tout à l'heure en ébullition, et, cessant de marcher, immobile, debout, le coude sur le poêle, il réfléchit longtemps.

La nuit s'était faite depuis deux heures, lorsqu'il alluma sa lampe pour écrire encore, mais cette fois d'une main posée. Quittant la plume enfin, il se leva et sortit, après une méditation nouvelle, pour jeter les deux lettres à la poste de l'Université, qui était à quelques pas de sa demeure.

Il erra dans et hors la ville et rentra chez lui vers minuit.

Les étudiants, ses voisins, avaient cessé leur nuitée, et les coqs chantaient seuls dans le lointain.

Maxime se mit au lit et dormit mal.

Quand le jour lança sa première aiguille à travers la fenêtre, le héros sauta à terre, mit de gros souliers et des guêtres, laissa de l'argent sur la table de l'hôtelier, et, malgré la pluie qui continuait à

tomber, il quitta la ville, portant à
la main un bâton noueux et quelques chemises dans un mouchoir.

Lorsque le soleil dépassa l'horizon, Maxime était déjà loin sur
la grande route.

IV

MAXIME A GABRIELLE

17 juillet.

Souvent, je me suis demandé,
Gabrielle, si cet amour que vos
lèvres avaient juré étaient sanc-
tionné par votre cœur, et je sentais un froid mortel me saisir à la
pensée que vous seriez peut-être
à un autre, — à un autre que moi
qui vous aime, pauvre, il est vrai,
sous mes guenilles, entre tant de
riches à qui la fortune permet
toutes les recherches du luxe et

de l'élégance, mais aussi riche que
les plus riches d'entre eux par
mon amour, qui élève mon âme et
domine ma vie entière. Ce matin
encore, je doutais. Pardonnez,
Mon injuste scepticisme se punis-
sait lui-même, et je le vois, c'était
blasphémer que douter de vous.
Pardonnez, pardonnez, car l'ex-
piation venait avec la faute; je
souffrais par mon péché, et vous
étiez vengée.

Non, Gabrielle, vous ne l'avez
pas perdu, ce cœur pour qui vous
avez redouté les entraînements de
la grande ville, et, je puis le dire,
sans trop de fierté, puisque vous
me gratifiez généreusement de
votre amour : plus qu'un autre
homme au monde, je suis digne
de cet amour.

Merci, mille fois merci, d'avoir
eu assez de confiance en mon hon-

...ur pour me dire hautement que
...otre bonheur est dans notre mu-
...elle tendresse. Ce noble aveu,
... spontané, me grandit au-dessus
... toutes les vanités, au-dessus
...s ambitions vulgaires, et je
...us bénis de l'avoir fait sans ti-
...idité et sans fausse pudeur. Je
...ns naître en moi une reconnais-
...ince infinie comme Dieu, pour
...tte franchise si vraie, si pleine
...immense bonté. Merci, encore
...ne fois, de n'avoir pas hésité à
...rovoquer ainsi notre réunion
...rochaine. C'est une courageuse
...ction que celle d'une jeune fille
...ui reconnaît que sa félicité ne dé-
...end pas d'un monde avare du
...éel bonheur, mais d'elle-même,
...eulement d'elle-même, et sait
...e dire franchement, sans inter-
...médiaire qui contrôle, réprime ou
...utorise les mouvements de son

cœur. Merci à vous, merci à votre
excellente tante, qui souscrit à nos
vœux et en appelle la prompte réa-
lisation. Désormais, rien ne peut
prévaloir contre nous, car je vous
aime, et votre cœur m'appartient!

Mais, Gabrielle, soyez clémente
pour mes livres; ils étaient mes
seuls compagnons quand j'étais
sans espoir, sans nouvelles et
sans lettres de vous, et ils m'ont
plus d'une fois aidé à vaincre le
découragement, à supporter l'infortune, à souffrir d'indicibles angoisses. Vous ne pouvez en vou-
loir à mes consolateurs. Grâce
donc pour eux. Puis-je d'ailleurs
accepter tout de votre générosité?
Que penseriez-vous, si je vous disais : Je renonce au travail pour
me donner... non, pour me ven-
dre à vous? Un jour, soyez-en
sûre, et ce jour n'est pas éloigné,

je descendrais dans votre estime; vous me jugeriez comme un homme qui n'a vu dans l'amour de sa compagne qu'une fortune à faire. Sans doute, les choses aujourd'hui se passent communément ainsi. L'amour n'intervient pas toujours au contrat, et on appelle ces unions d'argent des *mariages de convenance!* Amer abus des mots! Comme si la convenance pouvait exister partout où l'alliance des mains n'est pas celle des âmes!

Laissez-moi devenir un homme utile à la société, à ses semblables, à la femme qu'il aime, à la famille qu'il fonde. Quand l'heure viendra où je pourrai dire : J'ai gagné ma place au soleil par des labeurs incessants, j'ai le droit de vivre, d'aimer et d'être aimé ; alors seulement je serai à vous, vous serez à moi.

Mais, avant que cette heure ait sonné, je poursuivrai ma tâche pour conquérir le doux privilége de vous posséder et de vous protéger sans que vous puissiez avoir à rougir de moi, sans que j'aie à me reprocher de ne devoir qu'à vous-même mon bien-être, comme déjà je vous devrai mon bonheur. Non, je ne veux de vous que l'amour que vous me donnerez; c'est vous, vous seule que je veux, et non votre fortune.

Vous m'avez aîmé, je ne vous ai pas méritée. Attendons encore. Vous voyez bien que je dois conserver mes livres. Ils assureront bientôt, j'en ai la certitude, notre existence heureuse et modeste. Je ne leur demande pas l'opulence et les plaisirs bruyants, mais l'indépendance qui fait la dignité de l'homme, enfin le droit précieux

d'unir mon âme à la vôtre et pas-
ser notre double existence dans
une paisible retraite.

Si ma présence vous manque
quelque temps encore, c'est-à-dire
jusqu'à l'heure qui me verra triom-
phant des obstacles, appelez la
patience et le courage à votre aide.

Quant aux envahisseurs, dont
vous redoutez l'audace et la mau-
vaise foi, soyez certaine que la
fermeté et le sentiment d'un droit
incontestable imposent aux plus
impudents. Ils ne sont forts que
devant la faiblesse. Votre confiance en vous-même, rayonnant
dans votre fier regard, sera pour
vous d'un secours plus efficace
qu'Ossian, votre terre-neuve,
pour commander le respect qu'on
vous doit. Des paroles sérieuses
et dignes comme vous savez en
dire vous seront une meilleure

sauvegarde qu'une escouade de protecteurs masculins. Le cœur des femmes a des secrets pour nous captiver et nous faire obéir à leurs ordres les moins raisonnables. Qu'est-ce quand la justice y apporte sa force toute-puissante? Si notre brutalité a ses heures de triomphe, votre grâce, à vous, enchaîne et domine toujours. Ayez donc confiance, et nul n'osera s'attaquer à votre droit.

Comme l'Université n'a pas ma présence en grande nécessité en ce moment, je serai dans cinq jours près de vous (le 23 au soir). Dites-le à votre excellente tante Magdeleine, afin qu'elle ne se hâte pas de quitter ce monde, et pour qu'elle attende mon arrivée.

Aimez-moi constamment, fermement, ma Gabrielle, et, autant que moi-même, aimez ma mère et

ma sœur. Elles sont malheu-
reuses, vous le savez, et, comme
tous ceux que la chute a atteints,
elles ont plus besoin de charité
que d'aumône. L'aumône est le
dernier des devoirs dans l'ordre
des obligations chrétiennes.

Votre ami tendre et dévoué, en
attendant mieux, comme vous le
dites.

MAXIME.

V

MAXIME A WILHELMINE

17 juillet.

Je suis heureux de ton bonheur,
Wilhelmine, et je voudrais te
donner mille fois plus que je ne
reçois. Tu m'aimes encore, trop
chère cousine, et je vois bien que
l'attachement qui nous unit est
aussi jeune qu'au temps où nous

2

courions le long des traînes et
dans la grande prairie, derrière
la maison de mon père. En com-
parant cette lointaine et riante
époque, je me sens accablé jusqu'à l'abîme. Le malheur, la ruine
pour ma mère et ma sœur, pour
qui le superflu de la richesse était
une nécessité, notre vieille maison, habitée et possédée par d'autres, tout cela m'oppresse et m'a-
bat. Je travaille avec courage,
avec désespoir, à un avenir meil-
leur que le présent. Y atteindrai-
je ? Je n'implore pas seulement
Dieu pour moi. Que suis-je ? Mais
je repousse le découragement en
pensant à celles qui ont tout
perdu et qui souffrent de toutes
leurs privations, quand moi je serais si content de peu. Que faut-
il, en effet, pour les besoins d'un
homme ? Mais ma mère, ma sœur,

habituées à toutes les douceurs
d'une existence aisée!... Toi qui
es riche, Wilhelmine, tu ignores
les tourments qu'apporte la mi-
sère aux favorisés de la fortune.
Mon père est mort du coup qui
l'a frappé; dire cela, c'est racon-
ter en quelques mots les amer-
tumes de ceux qui lui ont sur-
vécu! Ah! Wilhelmine, si le sort
n'avait pas été injuste envers
nous, tu serais heureuse aussi,
puisque tu m'aimes et puisque
nous étions destinés l'un à l'autre; mais aujourd'hui...

Je m'arrête, tu m'as prié de ne
plus t'écrire mes afflictions et je
veux t'obéir en ce point. Amie,
pourquoi te plains-tu alors de la
brièveté de mes lettres? Puis-je
éloigner mes seules préoccupa-
tions?

Console-toi, je serai dans *cinq*

jours au pays. Pour des raisons que je t'expliquerai de vive voix, je n'approuve pas tes projets et tu comprendras mes scrupules, je l'espère : je ne veux rien devoir que le bonheur de l'âme à la femme que j'épouserai.

Je suis toujours le même, bonne cousine, toujours *Monsieur le sombre*, comme tu me nommais, il y a vingt jours dans ta lettre où tu me reprochais mon humeur sauvage ; je n'ai pour moi, que les plaisirs des vieillards : les souvenirs. Rappelle aussi à toi les doux moments écoulés pour nous dans le jardin de mon père. Avec quelle joie nous voyions s'épandre l'ombre qui suit le soleil ! Nous couvrions nos têtes d'un voile, bleu comme le ciel et étoilé comme lui de taches d'or ; nos têtes souriantes abritées sous ce léger dôme qui flottait au gré de la brise, nous jouyions, disions-nous dans notre langue enfantine, à Paul et Virginie.

Nous étions des anges, alors, anges encore détachés de la terre et de ses soucis matériels! Un soir (souviens-toi), tu cueillis la plus simple fleur des champs, *la Pythonisse;* ainsi tu la nommas à mon ignorance : c'est l'oracle, dis-tu, — et puis de murmurer ces petits vers que jamais, oh! crois-le, mon cœur ne put oublier :

> O Marguerite
> Si petite !
> Mon oracle chéri,
> Que ton blanc rayon quitte
> Son beau disque jauni,
> Et qu'il réponde vite
> Par le mot favori :
> Il m'aime
> Un peu,
> Beaucoup
> Tendrement....

Et tes yeux me regardaient
ainsi que le commandait la Mar-
guerite! Oh! que je voudrais
revenir à ces jours d'innocence!
Jours de délices où la souffrance
m'était inconnue, où je ne sentais
que les doux mouvements de
mon cœur; oh! qui me les rendra,
ces jours heureux!

J'aime à revenir en arrière, tu le
vois, et point seulement pour ce
que le passé a de poignant. Pour
toi, qui n'as pas éprouvé la dure
loi du malheur, rien n'est changé
et tu as gardé ta toute confiance
dans la vie, comme tu as conservé
à ton doigt ma bague, dont
l'exergue porte cependant une
vague menace : *L'espérance est
souvent trompeuse.* — Oui, mes
plus doux souvenirs me sont
chers. Mais l'absinthe est mêlée
au miel et je ne puis arrêter le

découragement non plus que la main divine qui m'a frappé et me rappellera un jour à lui. Je travaille, je souffre et je rêve, voilà mon lot, voilà ma vie.

Adieu, compagne de mes jeunes années, adieu. Puisses-tu ne jamais souffrir des angoisses qui m'écrasent. Aime toujours les pauvres pour être bénie, et console les tristes, parmi lesquels tu n'oublieras pas l'affligé *Maxime*.

Ma mère et Eulalie t'aiment, sois-en sûre, car elles te savent innocente de notre ruine. N'accuse donc pas leur indifférence; la faute en est toute à l'infortune.

J'adresse encore cette lettre à Geneviève. Je serai exact à ton rendez-vous, *le 23 au soir*, sous le marronnier de la terrasse.

VI

PARENTHÈSE

Meinherr Cholburg, le père de Maxime, avait été légalement, mais déloyalement dépouillé de sa fortune par Meinherr Muffdorf, le père de Wilhelmine, en qui il avait placé trop complétement sa confiance.

Les lois étant impuissantes, car elles n'impliquent pas l'équité, mais seulement le bon ordre dans la communauté sociale, le fils de la victime s'était prêté serment à lui-même, circonstance qui lui permettait, suivant l'usage, de ne pas le tenir, de tirer une vengeance éclatante de Meinherr Muffdorf, le voleur et le meurtrier de son père.

Et, après de minutieuses et diverses combinaisons en tous sens, un projet s'était peu à peu formé dans l'esprit du fils de Meinheer Cholburg.

Il ne serait point hors de propos, suivant la règle indiquée par les romanciers anciens et modernes, de placer ici la description physionomique des personnages que nous mettons en scène. Mais importe-t-il beaucoup au lecteur que celui-ci ait le nez plat ou pointu, le visage ovale ou rond ?

Quoi qu'il en soit, nous dirons en peu de mots, pour ne mécontenter personne, que Whilhelmine et Gabrielle étaient belles aux yeux de Maxime, lequel était positivement laid, bien que les deux ingénues en jugeassent autrement.

Peut-être aussi la beauté de Gabrielle et celle de Wilhelmine auraient pu rencontrer des détracteurs ; car ce qui est beau pour l'un est tout différent pour l'autre. La beauté est relative comme tout ce qui n'est pas la morale, laquelle est absolue de sa nature.

Ajoutons que le nez de Meinheer Maxime Muffdorf était aquilin et bourgeonné.

VII

LE RETOUR ET LE RETARD

Le jour baisse. A l'Occident, le soleil plonge dans une poussière de pourpre et d'or. Un léger vent du septentrion chasse devant lui les nuages roses qui flottent à l'horizon; les hautes futaies balancent leurs têtes frémissantes sous le souffle qui les caresse.

Deux femmes sont debout sur la crête d'un rocher, d'où se découvre une riante et riche campagne. L'une est jeune et belle;

les traits de la seconde accusent un âge mûri par la douleur autant que par les années.

Elles gardent le silence et leurs regards errent à l'aventure.

— O ma mère ! — dit tout à coup la plus jeune, qui indique en ce moment un endroit bien sablé de la route serpentant à leurs pieds, — n'est-ce pas mon frère qui vient ?

La mère regarda de ses yeux affaiblis.

— C'est lui ! — s'écria-t-elle avec autant de joie que d'étonnement, et devinant plus par instinct maternel que ne voyant en réalité par les yeux du corps ;— oui, c'est lui. Eulalie, allons à sa rencontre.

Le chemin faisait le coude, et le voyageur disparut brusquement pour les deux femmes ; mais comme elles descendaient le rocher, elles l'aperçurent de nouveau.

— Ma mère !

— Mon fils !

— Ma sœur !

— Mon frère !

Ces quatre exclamations s'éteignirent dans des baisers et des larmes bien douces ; minutes d'ivresse innocente et radieuse, mais trop courtes, hélas ! dans cette vie humaine si rapide.

— Eh ! quoi, Maxime, si tôt de retour ?

— J'ai profité de mes loisirs, chère mère, pour venir à vous, — répondit d'un air un peu distrait l'étudiant de l'Université et tenant les mains de ses meilleures amies dans les siennes. — Allons à la maison, car j'ai peu d'heures à vous consacrer.

— Eh quoi ! mon frère, déjà parler de partir ?

— Bonne petite Eulalie, ne t'inquiète pas. Je suis ici pour deux mois, et mon absence pendant une nuit te sera payée sans compter.

— L'absence d'une nuit ? fit la mère sérieuse. —Vous avez donc, mon fils, à exécuter séance tenante un projet que peut-être nous ne pouvons connaître ?

Les femmes sont de merveilleux oracles, et le coup porta juste. Maxime rougit d'un soupçon si pénétrant.

— La chose la plus simple, ma mère, — dit-il, car son thème était fait d'avance, — Hienrich, mon compagnon d'études, m'a confié un message pressant pour sa famille, et j'ai promis de m'en acquitter aussitôt.

— Allez donc, mon fils, dit la mère, toujours sévère, je veillerai pour vous attendre.

— Eh bien ! à tantôt, dit le jeune homme, résolu et baisant le front de sa sœur, sans oser faire plus que serrer la main de sa mère.

— Reviens au plus tôt, dit Eulalie.

— Petite sœur, dors paisible.

— Ah ! il y a deux milles d'ici chez Hienrich ?

— C'est donc bien long, deux milles ? Va, ne t'impatiente pas. Pour moi, j'abrégerai le chemin par le *lied* favori des étudiants de l'Université.

Ce disant, il gravissait un monticule couvert de fougères en fleurs, et il avait disparu, aux yeux des deux femmes, que sa voix retentissante ébranlait encore les échos voisins. Mais bientôt les mots cessèrent d'être distincts, et enfin, le chant n'arriva au rocher que par lambeaux.

— Allons, enfant, dit la mère,
rentrons pour la prière du soir.

VIII

SOUS LE MARRONNIER

La nuit est noire et profonde.
Sous le dôme épais d'un marronnier touffu, à la lueur de la
lune, qui frange le bord des nuages,
on peut apercevoir, sur une terrasse, la robe blanche et l'écharpe
brodée aux coins d'une jeune fille
à la taille élancée.

C'est Wilhelmine, elle attend.

— Est-ce donc son pas qui
retentit et soulève la poussière
du chemin ? Non, c'est le vent qui
murmure dans les arbres et l'a-
mour de mon cœur joyeux. Est-ce
sa voix qui vient à mon oreille,
sa voix qui chante ? Non, ces
accents si perçants sont ceux du

rossignol dans les acacias embau-
més. L'oiseau chante ses amours,
et moi j'attends les miennes qui
sont tristes. Est-ce une illusion
encore ? Non, c'est bien un pas
dans le chemin des coudriers, le
long des chèvre feuilles.—Maxime,
Maxime, est-ce donc toi ?

— C'est moi, Wilhelmine, répond Maxime, qui ne chante plus.

— Viens, viens, mon ami, dit-
elle en s'avançant, mon père, mon
père attend pour nous fiancer.

Le jeune homme s'est arrêté,
car un cri perçant et arraché à la
douleur a remué les ondes de
l'air. Maxime franchit la muraille
et la terrasse à la poursuite d'une
ombre qui fuit, et à côté d'elle
s'enfuit aussi un animal au long
poil blanc. Ceux que poursuit
Maxime, c'est Gabrielle et son
chien Ossian.

Près de les atteindre, Maxime trébucha et roula à terre sans pouvoir se retenir. En se relevant, il entendit un bruit vers le petit lac, comme si l'eau déplacée se refermait sur une proie. Il courut et entrevit Ossian nageant et entraîné vers l'écluse d'un moulin.

Frappé de stupeur, il arracha ses vêtements et plongea dans le lac, résolu à mourir avec Gabrielle, s'il ne pouvait plus vivre pour elle et, oubliant l'univers entier et toutes les affections pour celle-là. L'eau se referma silencieusement après lui. Pendant dix secondes, la lumière argentée de la lune anima seule la surface du lac encore troublée par les cercles concentriques causés par la double chute de ces corps submergés.

Enfin, Maxime, reparut aspirant bruyamment l'air à pleins pou-

mons et écartant de la main ses
cheveux ruisselants. Ses yeux
s'ouvrirent démesurément pour
examiner autour de lui. Il allait
replonger, lorsqu'il aperçut au
bout de son regard presque éteint
le chien Ossian ramenant sa maîtresse au milieu des roseaux.

Le premier mouvement de Maxime fut de demander du secours à
la maison la plus proche, mais
elle appartenait au père de Wilhelmine, et sa haine fut plus forte
que son amour. Il prit Gabrielle
dans ses bras et l'emporta, courant à travers bois, vers une four-
naise ardente attisée par les chau-
fourniers, pauvres gens qui sup-
pléèrent à la présence d'esprit qui
manquait à l'amant. Ossian, pendant ce temps-là, léchait les mains,
et le visage de sa maîtresse évanouie. Maxime, étouffant ses san-

-glots, s'arrachait les cheveux et se déchirait la poitrine.

IX

NOUVEAU DEPART

Sur la crête de la montagne, couronnée par les bruyères fleuries, Gabrielle et Ossian accompagnent Maxime, qui, le bâton à la main, retourne à l'Université.

Deux chemins se croisent à cet endroit.

— Adieu, dit-il, adieu, ne m'oubliez pas ; je reviendrai.

Sa voix est déchirante.

— Quand donc ton retour ? demanda la jeune fille en larmes.

— Je ne sais combien d'heures sonneront avant ma vengeance accomplie ? Ce jour viendra, car Dieu est juste.

— O Maxime, si tu voulais ! Nous serions heureux, crois-moi, toi de pardonner, moi de t'aimer.

Maxime se tait ; il réfléchit et deux larmes tombent sur ses joues.

— Adieu, adieu, dit-il enfin, le combat est au-dessus de mes forces et je dois m'éloigner, si je ne veux être traître et lâche. Adieu : je reviendrai fidèle, à moins que la mort ne m'arrête en chemin.

Et il part. La nuit a depuis longtemps épandu ses voiles, lorsque Gabrielle songe à quitter l'endroit où la laissé tout ce qui l'aime, tout ce qu'elle aime au monde.

X

LA MONTAGNE DE GLACE

Trois ans s'écoulent.

Gabrielle attend encore, attend toujours, — Maxime qui ne paraît pas et qui n'a plus écrit, A-t-il, comme sa mère et sa sœur, quitté la terre pour le ciel ?

Wilhelmine, qui naguère ne vivait que pour un amour, est la femme d'un riche colon de Batavia.

Son père, qui l'avait suivie, est mort dans l'Inde.

Wilhelmine et son mari sont revenus en Allemagne. Ils parcourent l'Oberland, les petits cantons de la Suisse et le Valais. Puis, de Chamounix, ils se dirigent vers la Montagne-de-Glace, pour saluer le Pavillon de Montanvert.

Ils côtoient, sur des mulets, les bords de l'Arne et s'apprêtent à gravir les flancs de la montagne, lorsqu'un homme, à la longue barbe blanche, s'offre pour leur servir de guide, et, après leur avoir fait mettre pied à terre, les arme d'un bâton à corne de chamois.

Au loin, à travers les abîmes, ils aperçoivent, gravissant les lacets, les redingotes teutoniques, les barbes blondes et les petites casquettes d'une troupe d'étudiant allemands, qui chantent un chœur d'Oberon. Leur guide joint sa voix puissante aux voix des étudiants — une voix de triomphateur — et les cascades et les glaciers forment aussi un concert par leurs échos retentissants.

Bien loin dans la vallée coulent l'Arne et l'Aveyron, blancs d'écume sur un bleu azuré profond. Au-dessus de leurs flots s'élèvent les pics et les arêtes supérieures, au-dessous roulent des avalanches avec le fracas de la foudre. — Des abîmes sans fond reçoivent des sapins et des rochers arrachés à leur base.

Tout à coup, le mari de Wilhelmine pousse un cri de terreur et glisse, embarassé par des paquets, et des sacs de voyage, dont son avarice n'a pas voulu se séparer. Par bonheur, sa main saisit au passage une touffe de rhododendrons, et ce frêle appui permet au guide d'arriver à temps avant la chute irréparable dans le béant abîme.

— **Sauvé ! je suis sauvé !** s'écrie l'homme aux valises en rentrant dans la vie, et il dépose, autant par reconnaissance que par prudence, les paquets chéris dans les mains du vaillant guide.

Ils atteignent ainsi, sans plus d'encombre, le pavillon de Montanvert, où les étudiants les ont précédés et causent à travers les sapins et les cratères.

Wilhelmine aussi court comme une gazelle, insouciante et rieuse,

à travers les dangers innombrables
de ces lieux presque inaccessibles.
Tout à coup elle s'arrête, les yeux
étincelants de désir et d'effroi, à
demi paralysée, ainsi que l'oiseau
prêt à tomber dans la gueule du
serpent fascinateur : une crevasse
énorme, mystérieuse dans ses pro-
fondeurs, obscure en bas, azurée
aux bords, la fascine ; elle est
penchée, elle subit l'attraction et
le vertige l'entraîne. Son mari s'é-
lance vers elle ; mais, avant lui,
le guide l'a saisie et arrachée au
charme qui l'attire vers une mort
certaine.

Mille acclamations remercient
l'homme intrépide qui fuit pour
s'arracher à des félicitations im-
portunes et on ne le retient pas,
car la jeune femme évanouie maintenant exige les soins des assis-
tants. Des pleurs viennent bientôt

la soulager, et bien que trem-
blante et émue de l'affreuse mort
à laquelle elle vient d'échapper
par grand miracle, elle peut se tenir debout, elle demande à rega-
gner la vallée ; les cîmes lui font
peur maintenant.

Tous veulent descendre aussi ;
on s'appelle, on se répond. Mais
où est le guide ? Le mari de Wilhelmine le cherche vainement —
s'informe. Nul ne l'a vu depuis sa
belle action, et une horrible in-
quiétude se saisit de tout le monde ;
mais bien plus grande pour le
violon de Batavia, qui pense à
ses valises laissées entre les
mains de l'homme qui a disparu
et qui peut-être est tombé au fond
d'une de ces crevasses où deux
victimes ont failli être englouties
ce jour-là.

Toute la fortune du jeune mé-

nage serait-elle perdue à jamais ?
Les épouvantables fondrières du
col de l'Épervier rendront-elles
leur proie ?

— Tertaïfle ! — répond à ces la-
mentables terreurs, le guide des
étudiants, — j'aurais été surpris
qu'il ne fût pas arrivé un malheur
à cet étranger à barbe blanche.
Nous qui sommes nés par ici
nous n'osons pas nous risquer en
avant sans tâter le terrain, et un
nouveau venu ne pouvait être plus
adroit que les plus expérimenté
et les plus vieux.

— Quoi ! cet homme venait
aujourd'hui sur la montagne pour
la première fois ?

— Oui, Meinherr ! et il se sera
perdu dans quelque précipice sans
fond.

— Plus de doute ! je suis ruiné
s'écria le malheureux colon.

XI

ÉPILOGUE

Wilhelmine et son mari, maintenant au comble de la gêne, habitent la petite maison de Muffdorf, près de la terrasse où est planté le grand marronnier.

Pendant un an, ils ont souffert en eux-mêmes les plus cruelles terreurs, en pensant à l'avenir, et, dans le présent, des privations d'autant plus pénibles qu'elles frappaient sur deux existences habituées à toutes les douceurs du bien-être.

Maxime est de retour, et, depuis six mois, il est l'époux de Gabrielle.

Un soir, celle-ci qui venait d'annoncer à son mari qu'il serait bientôt père, lui demandait une récompense.

— Chère âme, — dit-il, — puis-je te donner davantage? Parle, je suis prêt.

— Maxime, mon ami, te souviens-tu de ce que je te disais le soir de ton dernier départ?

— Non, Gabrielle, je l'ai oublié, et je m'en confesse.

— O Maxime, te disais-je, nous serions si heureux, toi de pardonner, moi de t'aimer.

— Eh bien?

— Eh bien! je t'aime et suis heureuse. Mais toi, es-tu heureux? as-tu pardonné?

— O trésor de générosité! s'écria le jeune époux enthousiaste, en se levant et serrant sa femme dans ses bras. — O âme tendre et dévouée, qui songe que tu as de la joie, d'autres sont livrés aux larmes, sois bénie mille fois pour avoir deviné le tourment de ma vie, l'obstacle à mon bonheur parfait! Oui, tu as raison, il faut pardonner, pardonner toujours et encore. Oui, ces innocents ont trop souffert de la faute d'un autre. O mon père! vous aussi, sans doute, vous pardonnez dans la sérénité du juste où Dieu vous a placé après votre vie de peines et de sacrifices. Viens avec moi, chère âme, viens porter la bonne nouvelle à ces pauvres gens! Viens prendre ta récompense!

Et suivi de Gabrielle et d'Ossian, il arrive au marronnier sous lequel les deux époux se reposent d'une rude journée de travail aux champs.

— Je suis, — dit-il à l'ancien co-lon de Batavia, — l'exécuteur tes-

tamentaire de votre guide du col
de l'Épervier, et, en son nom, je
vous rapporte votre fortune, — il
n'ose pas dire : je suis ce guide
lui-même.

— Vous, Maxime ! s'écrie Wilhelmine.

Et comment cet homme a-t-il
su qu'en s'adressant à vous nos
biens nous seraient rendus ?

— Suppose zqu'un ange l'a ins-
piré ! reprit Maxime, et son regard
se dirigea vers Gabrielle.

— C'est miraculeux ! oui, miraculeux ! répéta le colon comme hé-
bété de son bonheur.

Les jours qui se suivent et s'a-
massent n'ont point altéré le bonheur de Gabrielle et de Maxime,
mais ils ont uni par la plu
étroite amitié, Wilhelmine et Gabrielle, Maxime et l'époux de Wilhelmine. Il n'y aurait pas de hai

nes éternelles, si les hommes sa-
vaient se connaître et exposer
leurs griefs, sans froisser la justice. Mais ne serait-ce pas là réa-
liser l'idéal, fonder le paradis im-
possible en ce monde? A cet idéal,
à ce paradis, nous y tendons toujours, comme l'oiseau, attaché
par une patte, **tend** au ciel et qui
retombe sur terre à bout d'efforts.

FIN

TABLE DES MATIÈRES

Paris. — Typ. N. Blanpain, 7, rue Jeanne.